गली सँकरी प्रीत की

(काव्य संग्रह)

डॉ. उषा किरण

PUBLICATION

दिल्ली-110089, (भारत)

संस्करण : 2020
ISBN : 978-81-944610-0-5

प्रखर गूँज पब्लिकेशन
एच-3/2, सेक्टर-18, रोहिणी, दिल्ली-110089
दूरभाष : 7982710571, 7838505899, 011-27851059

प्रथम संस्करण : 2020

आवरण : दुर्गाप्रसाद

गली सँकरी प्रीत की

By : **Dr. Usha Kiran**

Published by
PRAKHAR GOONJ PUBLICATION
Delhi - 110089
E-mail : prakhargoonj@gmail.com
sinha.neelu123@gmail.com
011-27851059, 7982710571, 7838505899

शुभसंशा

दर्शन का सिद्धांत है-ईश्वर दृश्य नहीं है, दृष्टा है। किंतु निश्छल भक्ति में ऐसी शक्ति होती है कि वो ईश्वर को दृश्य बना देती है।

जिस प्रकार मीरा के निश्छल भक्ति से ओत-प्रोत पदों को पढ़ते हुए परमात्मा के दृश्य होने का आभास होता है ठीक उसी प्रकार की अनुभूति डॉ उषा किरण द्वारा लिखित काव्य संग्रह 'गली सँकरी प्रीत की' को पढ़ते समय होती है।

प्रेममयी भक्ति में वो शक्ति होती है कि वो ईश्वर को दृश्य और साधक को दृष्टा बना देती है। इसी प्रकार की भावाभिव्यक्ति करते हुए आप लिखती है :-

'पाहन-पाहन पूज थकी
मन प्राण तृप्त न हो पाया।
आँख मूँद कर जब बैठी
मेरे अंतर तू ही मुस्काया।।'

अपनी रचनाओं में 'डॉ उषा किरण' ईश भक्ति में कुछ मांगती नहीं है वे तो भक्ति में समर्पण का भाव व्यक्त करते हुए प्रभु की ही हो जाना चाहती है :-

'जहाँ बजाना तुम बाँसुरी,
संग बजेगी मेरी पायल।
मैं छुप जाऊंगी वंशी में,
चित होगा हर पल घायल।।'

भारतीय नारी की अतृप्ति में जो तड़प और ताजगी है, वह इनकी रचनाओं में परिलक्षित होती है :-

'रोज बादल से भरती हूँ,
आँखों से अश्रु अपने।
झर जाते है अम्बर से,
बनकर बूँदे सारे सपने।।'

विचारक जितने गहरे मौन में उतरता है उतने ही श्रेष्ठ विचार संसार को दे पाता है इसी अवधारणा को आप अपने लेखन में प्रतिपादित करती है जहाँ मौन मुखर होकर अनहद नाद की तरह गुंजायमान होता है :-

'पिघलता हुआ सा अंतर
अजब था वह सिलसिला।
थे शब्द होठों में सिले,
मुखर मौन था हो चला।।'

एक प्रेममयी हृदय से काव्य निर्झरणी किस प्रकार लयबद्धता के साथ बह निकलती इसे आप बखूबी अभिव्यक्त करती है :-

'भेद कुछ अधर लिए है
कुछ आँखों में मनुहार है।
नव छंद गूँजेंगे प्रणय के,
निकट अब अभिसार है।।'

डॉ उषा किरण द्वारा लिखित काव्यकृति 'गली सँकरी प्रीत की' साहित्याकाश में एक नक्षत्र की भांति सदा आलोकित होगी इसी मंगल कामना के साथ,

कमल कान्त शर्मा
छापुड़ा कलाँ (शाहपुरा) जयपुर, राजस्थान

शुभकामनाएँ

हमें खुशी है कि उषा किरण जी का काव्य संकलन 'गली सँकरी प्रीत की' को 'प्रखर गूँज प्रकाशन' प्रकाशित कर रहा है। उषा जी की कविताओं की गहराई पढ़ते-पढ़ते ही पाठकों के हृदय में उतर जाती है। नारी के विभिन्न स्वरूपों और अनछुए भावों को बेहद कुशलता और सरलता से कवयित्री शब्दों में पिरो देती हैं। पाठक अनायास ही कविताओं में स्वयं को ढूंढने लगता है और यही खासियत होती है एक कुशल लेखिका की जो अपने भावों को शब्दों के पुल के जरिये सीधे पढ़ने वालों की रूह को स्पंदित कर जाती है।

मेरी शुभकामनाएँ हैं कि उषा जी अपनी लेखनी से नित नए आयाम स्थापित करें और साहित्य के क्षेत्र में अपनी विशिष्ट पहचान बनाएं।

नीलू सिन्हा
संस्थापक एवं प्रमुख संपादक
'प्रखर गूँज प्रकाशन' एवं
'प्रखरगूंज साहित्यनामा मासिक पत्रिका'
सदस्य 'स्क्रीन राइटिंग एसोसिएशन'

समर्पण

देख सकूँ तुझे कण-कण में,
मेरी दृष्टि को विस्तार दे दो ।
शब्द-शब्द में ढाल सकूँ,
बस इतना अधिकार दे दो।

कान्हा जी को भावों की मालिका की
अकिंचन भेंट

मेरी कलम से...

कविता स्वयं में असीम चेतना लिए रमणीय कल्पना में विचरण करती अनुभूतियों का काव्यात्मक प्रवाह है। सूक्ष्म भावनाओं का चित्रण संकेतात्मक रूप से भावों को पूर्ण रूप में प्रकट करना ही काव्य की विशेषता रही है। काव्य की भाषा कोमलता, मधुरता और लयात्मकता की धारा में बहे तो वह काव्य सृजन को काफी विशिष्टता प्रदान करती है। मैंने अपने इस काव्य संग्रह में इन तत्वों को भरसक स्पर्श करने का प्रयास किया है जिसमें मैं कहाँ तक सफल हुई हूँ, यह निर्णय आप सभी सुधी जनों के ऊपर है। भावाभिव्यक्ति की सरलता पाठकों के हृदय में स्थान बना पाएगी ऐसी आशा है।

मेरा तेरह वर्ष की उम्र में मीरा के पदों को पढ़ते हुए अभिभूत होना और उस अलौकिक परम सत्ता के प्रति अपने हृदय में कोमल भाव के प्रस्फुटन को मीरा के पदों की तरह ही ढालना, शायद मेरी काव्य साधना का अंकुरित होना था। तब ज्ञान का अभाव था, मात्राओं से अनजान थी, पर भाव प्रबल थे। अपने मन मंदिर में तभी कान्हा जी को स्थापित पाया और उस चिर सखा के लिए प्रणयानुभूति मेरी भाव अभिव्यक्ति में स्थान पाने लगी। अपनी रचनाओं में विभिन्न प्रतीकों के माध्यम से प्रेम निवेदन मेरी आराधना का अभिन्न अंग बन गया।

तभी किसी देवी प्रतिमा की तरह महादेवी वर्मा मेरे सामने प्रकट हुईं। आप से मेरा परिचय पाठ्य पुस्तकों के माध्यम से ही हुआ। जब आपके काव्य जगत से मेरा साक्षात्कार हुआ तब मैं आपकी भाव अभिव्यक्ति के मूल तत्व आस्था, अद्वैतवाद और अनुभूति से रोमांचित और स्फूर्त हुई।

मीरा और महादेवी दोनों ही मेरे लिए काव्य जगत की देवी प्रतिमाएँ से कम नहीं हैं और मैं सदा इन से प्रेरित होती रही हूँ। अगर इनका पद रज पाने में मैं किंचित मात्र भी सफल रही तो यह मेरा सौभाग्य होगा। यह संग्रह बिना किसी साहित्यिक विमर्श की आकांक्षा के मेरे कान्हा जी को निवेदित एक निवेदन मात्र है।

मेरी आंतरिक अनुभूतियाँ मिलन और वेदना को परिभाषित करती भावों के साथ अपने आध्यात्मिक प्रेम के प्रति पूर्ण समर्पित हो इस संग्रह के रूप में आपके समक्ष स्नेह और आशीष की आकांक्षा से सविनय उपस्थित है।

डॉ. उषा किरण

अनुक्रम

१.	तुम कस्तूरी	१३
२.	हे! मुरारी	१४
३.	छाँव	१५
४.	क्या यही प्यार है	१७
५.	पहली पाती!	१९
६.	शून्य	२१
७.	कि तु चले आओ	२३
८.	मधुमास	२५
९.	मुखर मौन	२७
१०.	ऐसी कोई साँझ ढले	२९
११.	चिर प्यास	३१
१२.	निमंत्रण	३३
१३.	मिटते द्वंद	३५
१४.	हृदय के मोती	३७
१५.	शरद	३९
१६.	चलो एक गीत लिखते हैं	४१
१७.	नियति धार	४३
१८.	भावदीप	४५
१९.	तुम मेरा सोलह शृंगार	४७

२०. अनहद नाद ४६
२१. मैं तिमिर अंतहीन हूँ ५१
२२. स्वरागिनी ५२
२३. बाट जोहती मैं ५३
२४. साँसों की गली में ५५
२५. मुदु स्वप्न ५६
२६. मन मतवारा ५८
२७. मधुर मिलन की आस ६०
२८. अनकही शोर ६२
२६. लूटे स्वप्न ६४
३०. रजनी की तरुणाई ६५
३१. नभ सिंदूरी ६७
३२. निशा निमंत्रण ६६
३३. हर्षित मन ७०
३४. यादों की गठरी ७२
३५. पवन बावरी ७३
३६. साँझ सुहानी ७५
३७. मैं प्रीत-रीत में बंधी रही ७६
३८. चंदा मन के अंबर के ७७
३६. उमंगों का प्रस्फुटन ७८
४०. रुत सुहानी ८०
४१. तुममय ८१

४२.	मैं मधु यामिनी	८३
४३.	अभिसार	८५
४४.	गली सँकरी प्रीत की	८७
४५.	ऐ! पल ठहर जा	८९
४६.	यादों की पुरवाई	९०
४७.	पल मधुरिम	९१
४८.	चंचल सी अखियाँ तेरी	९२
४९.	बस एक बार!	९४
५०.	पथराई आँखें	९६
५१.	तुम पारस	९८
५२.	जोगन	९९
५३.	रंग शरबती	१००
५४.	आस मधुरतम	१०२
५५.	तृषित मन	१०४
५६.	तुम आते	१०५
५७.	अन्तर कोलाहल	१०६
५७.	लौ अकेली	१०८
५७.	शरद का चाँद	१०९
५७.	तेरी छवि पहेली	१११
५७.	मैं बावरी	११२
५७.	याद मेरे मन में	११३
५७.	नव साज	११४

५७. याद सिंदूरी ११५
५७. शहनाई प्रीत की ११६
५७. यह कैसी रीत है ११७
५७. तुम कण-कण में ११८
५७. तेरी याद में ११९
५७. दो पल रूमानी हो जाएँ १२०
५७. वंशी बजा दे ऐसी १२१
५८. माया मोह १२३

तुम कस्तूरी

मैं प्यास की बूँद-बूँद,
अमृत तुम हो घट-घट के।
अन्तर मेरे तुम कस्तूरी,
प्राण अकारथ ही भटके।

बन राग बाँसुरी में बैठी,
तूने अधरों से छुआ नहीं।
मैं रही जलती रेत बनकर,
मेघ नेह का हुआ नहीं।

अक्षर-अक्षर मैं बिखरी,
भाव शब्द न बन पाया।
रही बूँद बरसती अंबर से,
मेरा अन्तर न भीग पाया।

पाहन - पाहन पूज थकी,
मन प्राण तृप्त न हो पाया।
आँख मूँद कर जब बैठी,
मेरे अन्तर तू ही मुस्काया।

हे! मुरारी

काल गति जब टारे टरे नहीं,
प्यास हिय की न जाए बुझाई।
इक आग जरे अंतर माही,
रह-रह और जरे लहकाई।

उर टूटती सी एक आस बसे,
बन दीप प्रदीप्त रहे दिन रात।
न जागत-सोवत अखियन से,
नद नीर सी बहे बिन बात।

श्वास - निश्वास रहित काया,
कब जाने टूटे निज देह से नाता।
है झीनी सी डोर बंधी संग तेरे,
बिन देखे मोहे अब चैन न आता।

मैं कर जोरी मनुहार करूँ प्रिये,
पद कनिका को न जाओ बिसारी।
थाम लियो अब श्वास की डोरी,
एकाकार करो निज से हे! मुरारी।

छाँव

नहीं सुहाती घनी धूप अब,
प्रिये! मधुरिम सी छाँव दे दो।
मुझको अपने वृंदावन सा,
एक छोटा सा गांव दे दो।

जहाँ बजाना तुम बाँसुरी,
संग बजेगी मेरी पायल।
मैं छुप जाऊँगी वंशी में,
चित होगा हर पल घायल।

स्वास-स्वास करके अर्पण,
मैं तन-मन वारी जाऊँगी।
प्रियतम तेरी प्रीत में मैं,
तप कुंदन बन जाऊँगी।

रहे महकती श्वास तुम्हीं से,
इनमें अपनी खुशबू भर दो।
जहाँ बहे मलयानिल हरदम,
मुझको वह मधुबन दे दो।

चैन कहाँ इन नैनो को अब,
खोज रहे हर पल तुझको।
छुपे कहाँ किस कुंज गली में,
अब तो दरस दिखा मुझको।

क्या यही प्यार है

झरता नभ से निरभ्र स्नेह,
चाँदनी इतनी शीतल कब थी?
पूरी सृष्टि कण-कण में,
चिर नवीन व नूतन कब थी?

लुभाती लगती साँझ सिंदूरी,
है गगन में मुस्काता कौन?
मन में झरता हर शृंगार,
देह अनल दहकाता कौन?

मौन मुखर हो उठते हैं,
शब्दों के प्रस्फुटन में!
हो जाते हैं स्मित अधर,
भावों के अवगुंठन में !

अन्तर खिल-खिल पड़ता है,
हर आहट चौंकाती है।
हर शय अजब लगती है,
बहुधा सृष्टि भरमाती है।

पुरवाई घोलती रस कानों में,
बरखा मन को हर्षाती है।
चिहुक उठे तब मन पपीहरा,
काली घटा लगे तड़पाती है।

सुहानी यादें बन स्मित,
रहती अधरों पर डेरा डाले।
धरती-अंबर, रात, चाँदनी,
अजब से लगते मतवाले।

तन से लिपटी सी रहती है,
हर पल एक मृदुल बयार है।
मन चंचल समझ न पाता,
बतला दो क्या यही प्यार है?

पहली पाती

खोज-खोज जब नैन थके,
आकुल मन कुछ अकुलाया।
मैंने कितने माध्यमों से,
संदेशा तुझ तक पहुँचाया।

टांका मन के कोमल भाव,
पुरवाई के आँचल पर।
कागज की कश्ती में छोड़ा,
संदेशा लहरों की हलचल पर।

सूनी मन की कुंज गली है,
नैनो का तट भर आया।
मन का भाव बिखरा जब,
बनकर तारक नभ पर छाया।

रोज बादल में भरती हूँ,
आँखों के अश्रु अपने।
झर जाते हैं अंबर से,
बनकर बूँदे सारे सपने।

निशा की नीरवता में मैं,
करती रजनीगंधा से मनुहार।
अपनी महक में भर पहुँचा दे,
प्रिय के अंगना मेरा प्यार।

नैन विकल हो बाट निहारे,
तेरा कोई तो संदेशा लाए !
लिखी मेरी पहली पाती,
किसी ने तुझ तक पहुँचाए ?

शून्य

रजत ज्योत्सना में नहाती,
रात नीरव हो उठी है।
शून्य अंतर है समाया,
आस सिंचित कुछ ठगी है।

पल जीवन के हो चले,
नितांत से कपोल कल्पित।
अहा! सुखद स्वप्न जैसा,
था मनोरम क्षण वो हर्षित।

शबनमी फुहार से जब,
हृदय धरा संपन्न थी।
खींचती वह याद मधुरिम,
जो कभी आसन्न थी।

टिमटिमाते जुगनूओं के,
संग हैं कुछ याद आती।
चाँद के उस लग्न में,
सभी तारे थे बाराती।

गहरी होती नीरवता,
बढ़ रहा अंतर कोलाहल।
निज मंथन कर आज फिर,
पी रही हूँ मैं हलाहल।

कि तुम चले आओ

तुम बिन व्याकुल अंतर है
खुश्क सांसो का मंजर है
वीरान है मधुमास. ....

कि तुम चले आओ.....!

नम है आँखों की गली
प्यासी दिल की सरजमीं
सर्द हुए एहसास...

कि तुम चले आओ....!

हुई रात पहेली है
कभी लगती सहेली है
काश ! तुम होते आस-पास....

कि तुम चले आओ......!

हुआ सुनसान है शहर
डराता रात का प्रहर
लगे टूटती सी आस.....

कि तुम चले आओ......!

सूना मन का कानन है
मेरे नैनों में सावन है
बरसता है जो बारहमास......

कि तुम चले आओ.....!

मधुमास

कल्पना में विचरती मैं,
नव उमंग भर पांखों में।
देख मौसम की अंगड़ाई,
मधुमास संवरता आँखों में।

चमक रही घन बीच दामिनी,
हिय में आग लगाती सी।
विरह ज्वर में तपित काया,
बूँद लगे सुलगाती सी।

दादूर, मोर वन में हर्षित,
मन आँगन मेरा सूना सा।
रह-रह जब बादल गरजे,
हिय विह्वल होता दूना सा।

मुरझाती कलियाँ अब वेणी की,
गहराती रजनी न लुभाती है।
बरखा संग करती अठखेली,
पुरवाई मुझे न सुहाती है।

काश! तुमको सुध होती,
घनश्याम श्यामल बन आते।
निज नेह फुहार जो बरसाते,
रोम-रोम पुलकित हो जाते।

मुखर मौन

चल पड़ा है आज मन,
बीते पलों के गाँव में।
चाहता है बैठना यह,
यादों की उस छाँव में।

सजे हुए हैं आँखों में,
वे पल सुहाने आज भी।
स्मृतियाँ भी ला देती हैं,
गुदगुदाती लाज सी।

हर ओर खिलती चाँदनी,
अन्तर में उस साँझ थी।
वह अनछुई सी दौड़ती,
रग-रग में कोई राग थी।

चुगली सी करती लगी थी,
नीरवता वह रात की।
अमर बेल सी आज भी,
लिपटी यादें हैं मुलाकात की।

पिघलता हुआ सा अन्तर,
अजब था वह सिलसिला।
थे शब्द होठों में सिले,
मुखर मौन था हो चला।

ऐसी कोई साँझ ढले

रोज निहारूं तुझ को अब,
खुद को बना लूँ दर्पण मैं!
चंदन-वंदन कर न्योछावर,
तन-मन कर दूँ अर्पण मैं!

राग अगर मैं बन जाऊँ,
वंशी में मुझे छुपा लेना।
गूँज उठे मृदु रागिनी,
अधरों से मुझे लगा लेना।

बिखर जाऊँ जब रेणु बन,
बरसा देना दो बूँद नेह।
तब-तब सावन बन आना,
जब जलूँ बन धरती देह।

प्रीत-रीत मैं न जानूँ,
बनकर बाती मैं सदा जली।
बनी पर्याय विरह की जब,
अश्रु बूँद में सहज ढली।

विरह व्याकुल अन्तर में,
युगों से प्रीत का दीप जले।
तुझे पाटती दृगों के चुंबन से,
ऐसी तो कोई साँझ ढले।

चिर प्यास

तुम निखिल ब्रह्मांड व्याप्त,
मैं फैली रेत हूँ कण-कण में।
मैं लिए अन्तर में चिर प्यास,
भटकती रही हर जीवन में।

मैं पाती विरह की रोज लिखूँ,
चंचल हवा के आँचल पर।
दर्द घावों का दूँ टिका,
अंबर में देखो बादल पर।

मैं वह स्वाति की बूँद रही,
जो कभी न मोती बन पायी।
विडंबनाओं की भेंट चढ़ी,
सागर से नदी न मिल पायी।

जहाँ चित्र कोई न बन पाया,
मैं कैनवास रंगहीन रही।
बिखरे रह गए शब्द- शब्द,
भाव मेरी अर्थहीन रही।

रोम-रोम रहा बींधा हुआ,
मेरे निष्णात से प्राण रहे।
नदिया बन गई पीर की मैं,
तुम सदियों से पाषाण रहे।

निमंत्रण

धूप कुछ मद्धम हुई है,
साँझ अलसाने लगी है।
बहती शीतल मंद बयार भी,
अन्तर झुलसाने लगी है।

देख शरद की अंगराइयाँ,
मन कुछ विह्वल हो चला है।
बैठ दूर निरख - निरख,
हुआ तृप्त मन कब भला है?

निहार मन का चाँद नभ में,
उपवन सा अन्तर खिला है।
तृप्त दृग जो हो न पाते,
पर चकोर को क्या गिला है?

पर्ण - पर्ण पर झिलमिलाती,
बूँदों में कुछ भाव पले हैं।
दो मन के अनुबंध हैं जो,
बूँद बनकर नेह ढले हैं।

उलझाता सा द्वंद में,
मन का तार छूता कौन है?
भाव प्रस्फुटित हो न पाता,
अब निमंत्रण भी मौन है !

मिटते द्वंद

मन प्रफुल्लित हो उठा है,
आस द्विगुणित हो गई है।
अब छंट गए हैं धुंध सारे,
मुँह ढक निराशा सो गई है।

दिग-दिगंतर व्याप्त होकर,
प्रभात नव इठला रहा है।
करते अब गुंजार भ्रमर,
गीत मन को भा रहा है।

लो उषा पिला रही है,
कुछ उमंगे घोलकर।
नव कली स्मित होती है,
आवरण निज खोलकर।

प्राची में खुलने लगी,
रश्मियों की गाँठ है।
विलुप्त से अब हो गए,
तारकों के ठाठ हैं।

न्योछावर सी हो रही हैं,
बूंदे सारी शबनमी।
द्रुम दलों पर खेलती,
जो अब तक थीं थमी।

सुरभीत फिजाएँ हो रही,
उड़ते मृदु मकरंद हैं।
प्राण उर्वित्त हो रहे,
मिट रहे सब द्वंद हैं।

हृदय के मोती

निशा नहाती ज्योत्सना में,
मुग्ध सी कुछ हो रही है।
उद्वेलित होते अंतर में,
नूतन सी कुछ बो रही है।

कुछ कोलाहल हो रहे हैं,
दूर अंबर के प्रांगण में।
आज फिर लहरा उठा है,
कल्पतरु मन के आँगन में।

हास है परिहास है,
शहनाईयाँ बज रही हैं।
लाज से सिमटती सी,
निशा नवेली सज रही है।

ओढ़ चाँदनी का दुशाला,
चाँद क्षितिज पर खड़ा है।
प्राण कुछ अकुला रहा,
आमोद सा मन में भरा है।

अंबर निज हृदय के मोती,
अंजुरी भर-भर है लुटाता।
ठहर कर जो द्रुम दलों पर,
प्रात में है झिलमिलाता।

शरद

किया साज अनूठा, जग मन भाया।
देखो सखी! सरस शरद अब आया।।

झरती हर शृंगार सी बात
लगे भीना-भीना सा प्रात
नव उमंग उर में घुला
देख प्रकृति की सौगात।

स्वप्न नवल मन मधुबन मुस्काया।
देखो सखी !सरस शरद अब आया।।

होते हर्षित विहग वृंद
आत्ममुग्ध सी कली कुंद
लो भर घट चंदा आता
छलकता अब अमिय बूँद।

कण-कण में कैसी मधुरता छाया।
देखो सखी! सरस शरद मन भाया।।

गली कुंज की मदमाती
लता-लता लगे सकुचाती
कर उठी पूर्ण श्रृंगार धरा
कुछ इठलाती, कुछ हर्षाती।

लो गूँजा राग अब वंशी में समाया।
देखो सखी! सरस शरद अब आया।।

चलो एक गीत लिखते हैं।

तुम्हें मनमीत लिखते हैं।
चलो एक गीत लिखते हैं।

तरंगित लहरों के सरगम
सहज होते हो हृदयम
सुहानी प्राप्त हो बेला
मुस्कान प्राची में खेला

तेरे भाव हृदय में खिलते हैं।
चलो एक गीत लिखते हैं।

हो झरते ओस से कोमल
खिलते पुष्प कोई नवल
मन किसलय बन झूमा
किरणों ने कलियों को चूमा

चलो संध्या सूरज से मिलते हैं।
चलो एक गीत लिखते हैं

लगते पुरवाई की छुअन
महके हरदम हो चंदन
तुम जैसे हो सावन
सिंचित तुम से कानन

तुमसे मन में हर शृंगार झड़ते हैं।
चलो एक गीत लिखते हैं।

नियति धार

धधक रही है आग जैसे,
खिल रहा पलाश है।
चित्र हुए हैं धुंधले पर,
आज भी तलाश है।

था कभी जो बंध गया,
नेह के अनुबंध से।
अब भी रोक रखा है,
जिसे नैनो के तटबंध से।

ढल रही है साँझ अब,
नदी के उस पार में।
बैठ तन्हा डूब रही मैं,
आँसुओं के खार में।

निहारते चुपचाप तुम,
तरल से क्यों हो रहे हो?
पिघल रहा पाषाण क्यों,
अन्तर मेरा भींगो रहे हो।

मैं खड़ी इस पार हूँ
और तुम उस पार है।
बीच में उफन रही,
नियति की धार है।

भावदीप

बिहाग भरे नैना मेरे,
नव स्वप्न सजाए रहते हैं।
होते सकार एक पल भी,
यह आस लगाए रहते हैं।

हृदय कुंज में लगा सिंहासन,
मैं तुझे बिठाए रहती हूँ।
श्वासें करती पल-पल वंदन,
नैनों में छुपाए रहती हूँ।

भावदीप सदा जलते हैं,
हर क्षण जीवन का अर्पण।
अश्रु जल करते रहते हैं,
प्रिय तेरा पद प्रक्षालन।

रोम- रोम बना कुसुम कली,
हृदय हार गले में पहनाऊँ।
तुझे करके सर्वस्व समर्पण,
फिर मैं तुममय बन जाऊँ।

बैठ नीले अंबर नीचे,
हर साँझ निहारा करती हूँ।
तेरा नेह समेट आँचल में,
मैं तन-मन वारा करती हूँ।

हो रहा व्याकुल अंतर अब,
धीर धरूँ कब तक बोलो।
करुण पुकार सुनकर मेरी,
हृदय कपाट अब तो खोलो।

तुम मेरा सोलह श्रृंगार

धर रूप सलोना चंद्र का प्रिये,
जब नभ में तू आ ही गए।
रोम-रोम में प्यास भर जब,
मन अंबर पर छा ही गए।

श्वास-श्वास में मैं भर लूँ,
तू बन जाओ शीतल बयार।
झरने दो अब निरभ्र नेह,
मैं समेट लूँ यह सारा प्यार।

असीमता में तुम अपने,
समेट जो मुझ को लेते।
प्यासे इन दो नैनों को,
अब उन्मत्त सा पीने देते।

जो मैं तुमको पहना पाती,
हृदय सुमन का नूतन हार।
तुममय होकर तृप्ति पाती,
मैं बुझा लेती अंतर अंगार।

आओ खेले आँख मिचौली,
सपनों को देखकर आकार।
छूकर आज अमर कर दो,
प्रिये! तुम मेरा सोलह शृंगार।

सांसों के मधुबन में ठहरो,
मैं आरती वंदन कर लूँ।
नैनों के अंक में भर के,
तन अपना चंदन कर लूँ।

अनहद नाद

नाद अनहद है छिड़ा,
विराग भी मन में समाया।
रोम-रोम हुआ बावरा,
तूने वह जो राग गाया।

रोज निज संवारती,
दर्पण बनाती हूँ तुझे।
श्रृंगार पूर्ण है तुम्हीं से,
लाज छूती है मुझे।

गाँठ सी है खुल रही,
हर भाव जो प्रसुप्त था।
उमंग बन चहुँ ओर छाया,
जो भेद सारा गुप्त था।

अंजन लगे इन नैनों में,
तेरी चित्र लिपि है समायी।
मन रंग भरे मधुमास के,
काया लगे हैं गुदगुदायी।

सरोज सिक्त कपोल होते,
यह उर मृदंग सा हुआ।
अबोल नैन भी बोलते हैं,
अब मन अनंग सा हुआ।

न्योछावर निज करने चली,
हृदय कपाट खोल कर।
प्यासी तेरे उर विराट की,
आई बंधन जग से तोड़कर।

मैं तिमिर अंतहीन हूँ

काल के कपाल की,
मैं धुंधली लकीर हूँ।
जैसे कैनवास की,
मिटती हुई तस्वीर हूँ।

दीपशिखा सी जल रही,
पीर का प्रकाश हूँ।
अमावस की रात सी,
मैं भयाक्रांत आकाश हूँ।

बसी हिय जलद पीर सी,
हूँ हिम सी जमी हुई।
सूख चुकी नीर सी,
हूँ नैन में थमी हुई।

परित्यक्त हुई देवों की,
कुसुम गंध हीन हूँ।
नियति की भेंट चढ़ी,
मैं तिमिर अंतहीन हूँ।

स्वरागिनी

मृदुल सी मैं राग हूँ
गंध मलय पराग हूँ
प्रीत की मैं छाँव हूँ
अव्यक्त सी मैं भाव हूँ।

प्रतीक्षारत मैं साँझ हूँ...

हूँ प्रीत की दवाग्गिनी...!
प्रिय की मैं स्वरागिनी....!!

तृप्त हूँ मैं प्यास भी
अटूट सी हूँ आस भी
युगो से जलती दीप हूँ
अवरूद्ध सी मैं गीत हूँ

गीत तुम मैं साज हूँ...

अखंड हूँ सुहागिनी....!
प्रिये की मैं स्वरागिनी.....!!

बाट जोहती मैं

तेरी जोहती मैं बाट हूँ
सिमट रही हूँ साँझ सी।
है गिरती बूँदें शबनमी,
सुलग रही मैं आग सी।

भाव हैं उमर रहे,
घिर रहा तूफान है।
साँस फांस में फंसी,
पिघल रहा पाषाण है।

दुंदुभी है बज रही,
बारात द्वार है खड़ी।
चाँदनी का लग्न आज,
आई मिलन की घड़ी।

मेरे प्राण शुष्क हो रहे,
मन चकोर सा हुआ।
देह से विदेह तक
हो उठा क्लांत सा।

ढल रही रात अब,
कोलाहल है थम रहा।
सिमट रही है चाँदनी,
विषाद मेरे मन रहा।

साँसों की गली में

ढल तुम जब मलय गंध में,
गली साँसों की आते हो।
सिंचित होते प्राण अधर पर,
बन स्मित छा जाते हो।

सिहर-सिहर तन जाता है,
जब बन पुरवाई छू लेते हो।
महका-महका तन रहता है,
मन को भी बहका देते हो।

कुछ तारक स्वप्न सरीखे,
बनकर बिखरे अंबर पर।
साकार होते पल भर तुम,
छाती तृप्ति मेरे अंतर पर।

शांत सरल सा मन मेरा,
तब अधीर हो जाता है।
प्रकट तुम हो कण-कण में,
मृदु स्वप्न क्यों टूट जाता है!

मृदु स्वप्न

चलो बुने कोई स्वप्न संग-संग,
अनंत नीरवता की छाया में।
एक उनींदी का संसार रचें,
आओ, मृदु स्वप्न की माया में।

लगा झाँकने अब दिनकर,
जलतरंग के नर्तन पर।
किरणों ने कैसी माया डाली,
दिवा-निशा परिवर्तन पर।

स्फूरित होता रोम-रोम,
देती निशा आमंत्रण है।
बिछी चाँदनी की चादर,
कैसा अजब आकर्षण है।

जग मोह रही नूपुर धुन,
गंध वेणी की घुल रही।
नीले इस वितान तले कुछ,
घड़ियाँ जैसे पिघल रहीं।

उन्मत्त सा वह चाँद नभ में,
मादकता छलका रहा है।
अभिसार के पल मधुरिम,
तन मन पर छा रहा है।

मन मतवारा

कट न पाए बिन तेरे,
अब मेरी सुबह-शाम।
मन मंदिर में देखूँ अब,
मैं तुमको आठों याम।

जगमग अंबर तारों से,
है निर्झर झरता नेह।
खो जाएँ एक दूजे में,
भींगे प्राण और देह।

महका मधुबन साँसों का,
यह मन भी महका जाये।
पुरवाई शीतल सी छूकर,
कोई नई अगन लगाये।

गूँज उठे कानों में जैसे,
अब नवल कोई झंकार।
शीतल-शीतल रुत में जैसे,
कहीं दहक उठे अंगार।

गुप-चुप बातें करते नैना,
और अधर मुस्काय।
होता मन का संगम तब,
खुशियाँ न अंक समाय।

धरती प्यासी अंबर प्यासा,
प्यासा लगे जग सारा,
सींच उठा अन्तर-अन्तर,
यह होता मन मतवारा।

मधुर मिलन की आस

पथराने अँखियाँ लगी,
गईं कलियाँ मुरझाई ।
आस भी है टूट रही,
रात गई अलसाई।

निःशब्द होने लगा,
अब सारा संसार।
तम फैलता जा रहा,
अपने पंख पसार।

पल-पल बोझिल हो रहा,
बह चली नैना नीर।
हा! क्यों निष्ठुर हुए,
तुम देकर गहरी पीर।

आस थी मधुमास की,
थी मैं निज पर मुग्ध।
टूट रहा मृदु स्वप्न है,
हृदय हो रहा दग्ध।

नेह सिंचित प्रेम बेल,
लगता अब मुरझाए।
क्या हुआ मेरे सांवरे,
तू जो अब नहीं आए।

पल-पल बढ़ती जा रही,
इन नैनन की प्यास।
अंतर में अब तक लगी,
मधुर मिलन की आस।

अनकही शोर

मैं बैठी इस पार प्रिये,
और तुम हो उस पार।
अटल सी है बीच में,
बह रही नियति धार।

छू कर तुमको आती है,
शीतल मधुर बयार।
छूता मेरे अन्तर को
अनकहा तेरा प्यार।

वंशी कहीं बजती लगे,
वह तेरे मीठे बोल।
जिसे समेट कर बैठी,
अपने हृदय को खोल।

अंबर तुम हो मैं धरा,
कैसे मिलना होय!
आँचल में तेरी पीर भरूं,
जान सके न कोय!

तुम गगन के चाँद प्रिये,
हूँ धरा की मैं चकोर।
है झीनी सी इक डोर,
जो खींचे तेरी ओर।

अंतहीन प्रतीक्षा की,
न कोई ओर- छोर।
अब निःशब्द पीड़ा हुई,
है अन्तर अनकही शोर।

लूटे स्वप्न

इस जीवन के मधुस्रोत,
कण-कण से हैं सूख गए।
तुम क्या रूठे जग रूठा,
तटबँध मन के टूट गए।

भाव नदी थी नेह की,
साँसें सिंचित रहती थी।
पीयूष स्रोत कल-कल कर,
निर्झर सी जो बहती थी।

प्रीत बेल थी भाव धरा पर,
जो तन-मन महकाती थी।
महकी-महकी चंदन सी,
जो शीतल कर जाती थी।

कोमल से वे भाव अगनित,
थे जैसे मोती गूँथे हुए।
बिखरे अब सारे मनके,
स्वप्न मधुर हैं लूटे हुए।

रजनी की तरुणाई

चारु चंद्र की शीतलता,
और रजनी की तरुणाई।
नभ में स्मित चाँद सलोना,
प्रकृति भी कुछ-कुछ हर्षाई।

बना सलोने चंद्र को दर्पण,
रजनी करने श्रृंगार चली।
ओढ़ चुनर तारों की वह,
नवल वधू सी आज ढली।

हर श्रृंगार सा पल-पल झड़ता,
जब मृदु-मृदु मुस्काती है।
रजनीगंधा महक उठती है,
जब केशो को झटकाती है।

कानो में घुलते रस मृदु,
जब चूड़ियाँ खनकाती है।
होता मदहोश जड़-चेतन,
जब पायल को छनकाती है।

लाज खेल जिसके गालों पर,
सिंदूर सी बिखरती जाती है।
उन्नीदी से जाग कर जब,
वह प्राची में मुस्काती है।

नभ सिंदूरी

वसन नभ का सिंदूरी सा,
हुलसी सी साँझ निहार रही।
पल-पल हो रहा बोझिल सा,
नैनों में स्वप्न संवार रही।

मन कचनार सा खिला-खिला,
हो हर्षित हृदय विहार रही।
चंचला चारू चंद्र किरण,
सौंदर्य रूपसी का निखार रही।

चुनर ओढ़ सितारों जड़ी,
देख चंद्र दर्पण लजाती सी।
लाज से लाल कपोल हुए,
तनु बदन निहार हर्षाती सी।

कंचन कामिनी चमकत दामिनी,
रक्तिम अधर जब खोल रही।
चलत बावरी छलकत रस गागरी,
मद कण-कण में घोल रही।

नूपुर पग बाजत शनैः - शनैः,
चली प्रियतम अंक अकेली।
रात की चादर ढ़ांप धरा को,
करने चली है प्रणय केलि।

निशा निमंत्रण

मौन निमंत्रण देकर तुमको,
पल पल तेरा बाट निहारूँ।
चाँद बन आओ मनांगन में,
मैं रूप निशा का आज धरूँ।

पल-पल को बोझिल करता,
और क्षण-क्षण लेता विस्तार।
प्रतीक्षा बनकर शूल चुभे,
आँखों से बहती कजरा धार।

महक रही साँसों की गलियाँ,
जैसे लेकर मलय सुवास।
उमंग तरंगित हो रहा अब,
विकल हो रही मन की आस।

चुगली करती रजनीगंधा,
रुत महकाने आज चली।
अमराई भी लगी महकने,
प्रतीक्षा है तेरी गली-गली।

हर्षित मन

मखमली सी धूप आज,
करती हर्षित विभोर हुई।
आलिंगन बद्ध बावरा मन,
अंखियाँ तेरी चितचोर हुई।

सृष्टि पर है मधु ऋतु आई,
मन आंगन में कली खिली।
डोलूँ मैं चंचल तितली बन,
सीप में स्वाति बूँद पली।

है प्राण सिंचित हो रहा,
अमृत रस पीती आँखियों से।
स्वयं दूर-दूर मैं आज रहूँ,
अपनी ही सब सखियों से।

चित चंचल हर पल रहता है,
अंक में कब भर लोगे तुम।
रोम-रोम रोमांचित होता,
जब लेते पलकों को चूम।

ठंडी-ठंडी हवा छू कर,
तन-मन में आग लगाती है।
तन में सिहरन सी रहती है,
मन में शोला भड़काती है।

यादों की गठरी

यादों की गठरी खुलती जैसे,
कहीं बजता हुआ सितार।
बेचैनियाँ सी आती मन में,
आया मौसम पर निखार।

हौले से छूती है तन को,
प्रिये! जो शीतल बयार।
महकती साँसों की गली,
जैसे सुरभित तेरा प्यार।

सोये मन के अरमां जगते,
मधुर स्वप्न करता शृंगार।
शर्माती कलियाँ बागों में,
जब भ्रमर करता गुंजार।

महकी फिजाएँ भीनी सी,
अब लगी बजने शहनाई।
पायल की झंकार बुलाती,
आओगे कब हरजाई !

पवन बावरी

घूमती फिरती पवन बावरी,
अठखेली करती अमराई से।
लेकर सौरभ बिखेरती है,
नव रूप ढली अंगराई से।

लगे कभी झूलती डालों पर,
कभी फूलों को सहलाती है।
कभी दौड़ लगाती खेतों में,
किसी राही को भरमाती है।

छेड़ती किसी गोरी को,
उसके लट उलझाती है।
मधुबन-मधुबन महका है,
चले पवन बलखाती है ।

बासंती आँचल उड़ाती,
जब छूती है तन से वह।
खिलखिलाती है कानो में,
प्रिये! तुम्हारी बातें कह।

स्वयं में मकरंद भरे,
जब साँसें महकाती है।
नैनो में सजते स्वप्न सुहाने,
कुछ यादें मदमाती है।

ओढ़े चुनरिया मस्ती की,
दिनभर वह बलखाती है।
मेरे घर के पिछवाड़े में,
वह साँझ ढले सुस्ताती है।

साँझ सुहानी

जब ढलने लगती है,
साँझ कोई सुहानी।
छेड़ तार है जाती,
तेरी यादों की रवानी।

मेरे केशों को सहलाती,
आती हवा मदमाती।
लगती है तब जैसे,
तेरी खबर सुनाती।

कुछ बूंदों को बरसाती,
चलती कुछ बलखाती।
वह नटखट बदली जैसे,
है नेह तेरा बरसाती।

चलती है चुपके- चुपके,
वह बे आवाज है भाती।
स्वर्ण रश्मिया भी जैसे,
तुमको ही छूकर आती।

मैं प्रीत-रीत में बंधी रही

बादल सम मंडराते तुम
हर नदी के ऊपर-ऊपर
चंचल से नैना तेरे
कभी देखती जो भूपर

कैसे स्वयं पर ठगी रही...!
मैं प्रीत-रीत में बँधी रही..!!

हिमखंड सी जमी रही
उष्णता प्रीत की पाने को
हो जैसे ठाना तुमने
मुझको बस तरसाने को

श्वेत चादर बन बिछी रही...!
मैं प्रीत-रीत में बँधी रही..!!

रहा तपता वजूद रेत सम
बरसे तुम उपवन- उपवन
बहते रहे तुम बन निर्झर
रही गली मेरी सदा निर्जन

निज अंतर्मन में बुझी रही...!
मैं प्रीत-रीत में बंधी रही....!!

चंदा मन के अंबर के

मेरे मन के अंबर के चन्दा तुम्हीं,
सदा चाँदनी तुम लुटाये ही रहना।
शृंगार सोलह तुम्हीं हो प्रिये,
पहलू में हरदम छुपाये ही रहना।

महका रहे मन का कानन मेरा,
प्रीत की कलियाँ बिछाये ही रहना।
सावन हो तुम मैं हूँ प्यासी धरा,
वादियाँ मन की हर पल भींगाये ही रहना।

दमकती रहे माँग मेरी सदा,
सूरज की लाली सी छाये ही रहना।
सजती रहे मेरी हरदम हथेली,
मेहंदी में हर पल समाये ही रहना।

बंधन है जन्मों का अनमोल डोर,
विश्वास झीना बनाए ही रहना।
मेरे मन के अंबर के चन्दा तुम्हीं,
सदा चाँदनी तुम लुटाये ही रहना।

उमंगों का प्रस्फुटन

श्वेत ओस की बूँदें कुछ,
द्रुम दलों पर ठहरे से।
भाव समेटे हो जिसने,
किसी रमणी के गहरे से।

फैल रही है प्राची में,
सुरमई ख्वाबों की लाली।
उमंगों का प्रस्फुटन,
अब होता है डाली- डाली।

आतुर से दो नैनों में,
काले बादल की रेखा है।
जिसने आँखों के पीछे,
कितने स्वप्न समेटा है।

गूँज रही है कूक बनकर,
गलियों में अमराई के।
लगे अब हैं रूप निखरने,
वसुधा की तरुणाई के।

रून-झुन पायल छनकाती,
अब आती बधू नवेली है।
आकर्षण में जग बँधा,
जैसे कोई पहेली है।

रुत सुहानी

पल मधुरतम स्वप्न सरीखा,
रजत ज्योत्सना में नहाया।
राग मधुर बाँसुरी का,
आज उर में है समाया।

छिड़ी हुई है रागिनी मृदु,
गूँज बनकर आज भी।
रक्ताभ हुए कपोलों पर,
खेलती है लाज भी।

मलय सुवासित स्मृतियाँ,
अब तैरती आँखों में हैं।
सरोजसिक्त अधर तृप्त,
छुअन भरी साँसों में है।

सेज सजाने फिर चलीं,
कलियाँ हरसिंगार की।
बेणी गूँथ बेला महकाती,
ये रुत सुहानी प्यार की।

तुममय

जब साँझ ढले मैं तब,
दीया एक जलाती हूँ।
प्रियतम तेरे स्वप्न सलोने,
नैनों में रोज सजाती हूँ।

जब बिछती है मधुर चाँदनी,
मैं भाव पुष्प बिछाती हूँ।
अपने मन के मधुबन को,
तेरी यादों से महकाती हूँ।

मेरे मन के आँगन में तुम,
हर श्रृंगार से झरते हो।
रोम- रोम में मादकता,
प्रिये! तुम्हीं तो भरते हो।

एक चाँद उतरा नभ में है,
एक चाँद मेरे अन्तर है।
आलोकित प्रीत ज्योत से,
जैसे दिग-दिगन्तर है।

क्या गिला कैसी शिकायत,
तुम मुझमें मैं तुझमें हूँ।
व्याप्त तुम कण- कण में,
मैं युग - युग से तुममय हूँ।

मैं मधु यामिनी

बादलों की सेज पर मैं,
नींद भर-भर सो चुकी हूँ।
भर सुकोमल स्वप्न दृग में,
इन्द्रधनुष मैं हो चुकी हूँ।

लगा तारिका कली केशों में,
किया मैंने श्रृंगार है जब।
सिमटती मधु यामिनी सी,
चली मैं अभिसार को अब।

कर दूँ मैं सर्वस्व अर्पण,
श्वास विचलित हो रही है।
सींच रहा रसमय अधर,
प्यास वारिधि में खो रही है।

गुदगुदाती रश्मियों की,
गाँठ अन्तर खुलती है।
सिमटती लाज कपोल पर,
प्राची में जैसे घुलती है।

वसुंधरा को छेड़ती अब,
रश्मियाँ करती ठिठोली।
छाई हुई पलकों पर है,
प्रणय की वह अब भी केलि।

अभिसार

लो लौ हुई प्रदीप्त हुआ,
आखेट मन प्राण मेरा।
पुण्यतम आलोक ने,
अंक में पल-पल है घेरा।

दिव्य से किसी लोक में,
यह बँधा हुआ अनुबंध है।
प्राण सिंचित नेह से,
यह मृदुल सा संबंध है।

खुलती अनुभूतियों की,
अब रेशमी सी गाँठ है।
कहीं अन्तर में लग रही,
अनुभूतियों की हाट है।

मेघ हैं कुछ भावों के,
रिमझिम सी फुहार है।
गुदगुदी करती हुई,
नवल सी बयार है।

भेद कुछ अधर लिए हैं,
कुछ आँखों में मनुहार है।
नव छंद गूँजेंगे प्रणय के,
निकट अब अभिसार है।

गली सँकरी प्रीत की

गली सँकरी प्रीत की,
प्रियतम का घर दूर।
नैना व्याकुल हो रहे,
और पग हैं मजबूर।

ओढ़ चुनरिया प्रीत की,
बैठी सिमटी सकुचाय।
पल पल बढ़ती पीर है,
रहा अंतर अकुलाय।

घर पिया का नीलांबर,
मैं धरती की प्यास।
होगा कैसे मिलना,
पाँव पड़ी है फांस।

यह जग बैरी हो रहा,
मृगतृष्णा सब ओर।
डोरी सांची प्रीत की,
चन्दा तू मैं चकोर।

सज कर बैठी द्वार पर,
देखूँ तुम्हारी बाट ।
बैरी कब तुम आओगे,
उजर गई अब हाट।

काटो माया फंद सब,
लो पकड़ो मेरा हाथ।
मैं युग-युग की जोगनी,
तू ले चल अपने साथ।

ऐ ! पल ठहर जा

आओ तुझे हृदय में देखूँ,
कर लूँ दो पल आँखें बंद।
मैं घुल जाऊँ स्मृतियों में,
तैरने दूँ अधर पर स्मित मंद।

साँसों से साँसों को छू लूँ,
वक्त ठहरो पल दो पल।
मैं रोम -रोम में रचने दूँ,
महक यादों की चंचल।

दो पल की खामोशी में,
चाह की दरिया मचल उठी।
मनाया कितनी बार उन्हें,
और मैं कितनी बार रुठी।

हर अंग मनोहर थिरक रहा,
जलतरंग पर मृदंग बजे।
मधुर मिलन में देखो आज,
कण- कण में नव गीत सजे।

यादों की पुरवाई

लपेटे तन श्यामल चादर,
रजनी ने ली अंगराई।
चाँदनी में नहाया अन्तर,
बहती यादों की पुरवाई।

तारों के उपवन में बैठा,
चाँद कुछ अनमाना हुआ।
रही निहार कहीं से चकवी,
है आँखों में बादल छाया।

कथा व्यथा की कहती बूँदें,
गिरी जो नीले अंबर से।
धरा-गगन कब एक हुए हैं,
दोनों चाहे एक हैं अंतर से।

रीत प्रीत की कहती है,
एक दूजे से शिकवा कैसा !
जब दो मन रंगे हुए हों,
जब चंदन पानी के जैसा!

पल मधुरिम

चंचल चितवन हिरणी जैसी
अपलक बाट निहार रही।
अंतर्मन में पल मधुरिम,
क्षण-क्षण आज संवार रही।

घन केशों में श्वेत कलिका,
साँसों को महकाती है।
आँखों में मधुमास संवरता,
अधर मंद मुस्काते हैं।

दर्पण में निज छवि निहार,
रमणी कुछ सकुचाती है।
मन मधुबन में स्वप्न सलोना,
मन में भर मदमाती है।

सरकती चाँदनी आंगन में,
रजनीगंधा चुगली करती।
नूपुर ठिठोली करने लगे हैं,
चूड़ियाँ पल-पल हैं ठगतीं।

चंचल सी अखियाँ तेरी

है छुपी हुई जो अधरों में,
वह भेद पुरानी लगती है।
चंचल-चंचल अखियाँ तेरी,
बरबस मन को मेरे ठगती हैं।

होठों पर कुछ, मन में कुछ,
जो मुझे हरदम भरमाती है।
बात वही पलकें झुककर,
सारा भेद सहज बताती है।

बादल जो मैं बन जाऊँ,
भर लूँ चाँद को पहलू में।
कैद कर लूँ पलकों के पीछे,
ऐसे बाँध लूँ अपने पल्लू में।

बन बादल नेह छुपा रखना,
मैं पुरवा बन टकराऊँगी।
तुम नर्म धूप बनकर आना,
बन ओस बूँद बिछ जाऊँगी।

बिछाना चादर चाँदनी की,
तारों भरे अंबर में तुम।
गूँजी रहेगी सदियों तक,
अमर प्रेम की मृदु धुन।

बस एक बार!

तुम जो आते बस एक बार!

प्रतीक्षा में शुष्क हुए
उमंग सारे हैं रुष्ट हुए
सुख रहे शाखों पर
फिर से छाती तो बहार !

तुम जो आते बस एक बार!

सुनी कुंज की गलियों में
मृत हुई वल्लरियों में
प्रस्फुटन होता कलियों का
होता शरद पूर्णिम बौछार!

तुम जो आते बस एक बार!

नीर नैनों में सूख गई
लौ आस की बुझ गई
जो मृदु राग पड़ती कानों में
प्राणों में होता नव संचार !

तुम जो आते बस एक बार!

राह पनघट की सुनी है
साँसें होती झीनी हैं
बूँद व्यथा की घुल रही
आकुल कालिंदी जलधार !

तुम जो आते बस एक बार !

पथराई आँखें

क्षण-क्षण प्रतिपल साँसों की,
आस का आँचल छूट रहा।
विरह व्यथा इस अंतर में,
कण-कण बनकर टूट रहा।

निर्झर बनकर बहती थी,
उर में नव उमंग की धारा।
काल-व्याल की भेंट चढ़,
अब लगता है जीवन हारा।

शीतल चाँदनी में सदा,
प्राण नवल हो जाते थे।
उस मधुर मिलन में हरदम,
नैन पीयूष पी जाते थे।

वसुधा श्यामल नीला वितान,
थे साक्षी उस पल-पल के।
स्मृतियाँ वह रह रहकर,
इन दो नैनो से छलके।

बीत रही सदियाँ पल-पल,
बूँद न स्वाती की पाई।
रही ताकती चकवी बन,
अब अँखियाँ भी पथराई।

तुम पारस

मूक प्राण को सींच लूँ मैं,
आओ तुझे अंतर में घोलूँ।
तृप्त कर लूँ रोम-रोम को,
बिना शब्द सब कुछ बोलूँ।

लाजवंती के पात-पात सी,
अनुभूतियों के सिहरन भर लूँ।
ओस प्रीत की छुअन से,
अंतरतम मैं पावन कर लूँ।

पावन ग्रंथ के शब्द-शब्द में,
प्रीत की स्याही सी बिखरूँ।
वर्ण-वर्ण में गूँथ-गूँथ कर,
सुप्त भाव बन मैं संवरूँ।

तेरा मेरा भेद मिटा दो,
तुम पारस मुझ कंचन कर दो।
दया सिंधु में बिंदु मिला लो,
पावन तुम चंदन कर दो।

जोगन

एक घरौंदा सपनों का,
खेल-खेल में लिया बनाए।
जिसके स्वर्ण सिंहासन पर,
प्रियतम तुझको दिया बिठाए।

तेरे वंदन अर्चन को प्रिये,
प्रीत का दीप दिया जलाए।
जिसकी ज्योत से मेरा अंतर,
पल-पल प्रकाशित होता जाए।

तेरी मोहनी सूरत के जो,
पल भर भी दर्शन हो पाए
जनम-जनम मैं वारूँ तुझ पर,
बस तुमको मेरी सुध हो जाए।

वंदन, चंदन और न्योछावर,
प्रियवर तुझको भेंट धरूँ।
लख निज अंतर माधुरी मूरत,
मैं जोगन बन मोद भरूँ।

रंग शरबती

माधुरी मूरत स्मित अधर,
सहज लुभाते मृदु वैन।
घुलता मीठा रंग शरबती,
जब हया से झुकते नैन।

झरनों का संगीत बजे,
थिरकती किरणें लहरों पर।
जब छाती है अंबर में लाली
मुस्कान खेलती अधरों पर।

झरता है नभ से जैसे,
बूंद-बूंद शीतल अमृत।
घुंघट लाज का समेटती,
नूपुर ध्वनि करता विस्मित।

आते साँसों की कुंजन में,
हृदय कपाट हौले खोल।
मन मोहे तेरी मोहिनी मूरत,
मिश्री घुली तेरे मीठे बोल।

अंक समाने को आतुर,
हृदय तरंगित सागर सा।
पुलकित मेरा रोम-रोम,
छलके जो मधु गागर सा।

आस मधुरतम

प्रिये! विराट तुम मैं लघु गात,
अभिलषित तेरे उर सिंधु की।
मद्धम होता उर प्रज्वाल जब,
बुझती चिर प्यास इस बिंदु की।

अश्रु बिंदु मेरे अनुनय के,
जाते जब करुणा में हिलमिल।
नेह सिंचित हो दीपक फिर,
जल उठता मुग्ध सा झिलमिल।

लास उल्लास रहित जीवन,
यह पल-पल का अवगुंठण।
अलक्षित हुए हैं श्वास भी,
हृदय करता पल-पल मंथन।

लिए दृगों में प्यास अगणित,
प्राण पाहुन कुछ अकुलाते।
जो मधुरता लघु क्षण में भी,
तुम मेघ में भरकर लुटाते।

मेरे गीले पलकों के पीछे,
सहज सज उठता मधुमास।
ओ निष्ठुर! मेरे रोम-रोम में,
तुम बोते जो मधुरतम आस।

तृषित मन

तृषित मन है ढूँढता,
मेघ सी फुहार को।
शीतल कर दे रोम-रोम,
मलयानिल बयार वो।

बरस रहा है अंबर से,
आज चाँद से आग क्यों?
सारे टूटे परे साज हैं,
बिखर गया है राग ज्यों!

शुष्क है अंतर धरा,
है बर्फ भी जमी हुई।
पलकें बोझिल सी हुई,
जहाँ नीर है थमी हुई।

विरानियों में आज फिर,
है दवाग्नि सी लगी हुई।
सोचती सौ बार स्वयं,
मैं आज हूँ ठगी हुई।

तुम आते

मैं जब तुम्हें मिलती बन रेणु,
तुम बंध आते मेघ के बंधन।
मिट जाता तेरा मेरा भेद,
मिट जाता सब अवगुंठण।

नेह ताप में मुझे समेट,
बाँध लेते सतरंगी डोर।
रोम-रोम तब होता तृप्त,
तेरे रंग में रंगता पोर-पोर।

मैं ढल जाऊँ ओस बूँद में,
स्वर्णिम ताप बन आना।
निरख चंचल चितवन से,
उर में मुझे समा लेना।

अन्तर कोलाहल

सृष्टि में फिर गूँज उठा,
आज अंतर का कोलाहल।
कालचक्र फिर मथ लाया,
मेरे हिस्से सिर्फ हलाहल।

विलुप्त हुए हैं धुन सभी,
साज पर जो थे तरंगित।
उमंग सारे बिखर गए हैं,
उर हुआ है आज कुंठित।

टूटती उम्मीद है अब,
साँसें भी है क्षीण होती।
वेदना से दग्ध पार्थिव,
देह तुझ में लीन होती।

क्या होगा अब प्रस्फुटित,
मृदु भोर तम चीर कर!
क्या फिर अब चाँदनी,
सहलाएगी सब पीर हर!

गूँज उठेगा गीत क्या,
फिर वही अनुराग मिश्रित!
लग अधर क्या बाँसुरी सी,
हो उठेंगे प्राण सिंचित!

लौ अकेली

शब्द नृत्य हैं कर रहे,
भाव तरंगित ताल पर है।
अंकित गाथा हुई जैसे,
अब समय की भाल पर है।

जग हुआ अनजान सा है,
होती विस्मृत सी बात है।
लौ अकेली दीप्त है,
और चुप नीरव रात है।

निशब्दता के आवरण में,
अंतर कोलाहल मौन है !
नीरवता को चीरता
चीखता अब कौन है ?

शरद का चाँद

नूतन नवल धवल पूनम,
भाए शरद शशि मनोहारी।
सुकोमल गात रजत छवि,
सारा जग जाय बलिहारी।

अलक सम घन चूम मुख,
जग न अघात निरख नैन।
मंद- मंद मुस्कान न खोले,
न ही अधर कुछ बोले बैन।

स्निग्ध ज्योत्स्ना झरे सोहे,
लिपटा अंग धवल दुकूल।
करता मंत्र मुग्ध लगता,
गले तारक हार वकुल।

बहे शीतल बयार हर्षित मन,
लो पान कर अमिय प्याला।
जग सारा हुआ मधुबन मन,
मृदंग बजे झूमे मतवाला।

कर नव साज रजनी हर्षित,
खोती सुध-बुध हुई मतवारी।
जड़ - चेतन डूबा राग रंग में,
फिर छेड़ी माधुरी धुन बनवारी।

तेरी छवि पहेली

जब चाँद गगन में आया,
मन मेरा कुछ खोया-खोया,
बादल यादों का बरसा मन,
हँसा कभी तो कभी रोया।

सूनी मन की गलियों में,
हैं यादें दस्तक देती सी।
हुआ अन्तर है निर्जन सा,
दर्द भरी अँखियाँ स्मित सी।

फिर आँचल में भरती तारे,
तन-मन पर शीतलता झरता।
आज नेह की तेरे शीतलता,
जो फिर से मेरे उर में भरता।

रात्री प्रहर की नीरवता में,
मैं बैठी ठगी अकेली सी,
बाँधू कैसे इन नैनों में,
तेरी छवि जैसे पहेली सी।

मैं बावरी

आज नहाती चाँदनी में,
फिर बावरी मैं हो रही हूँ।
बँधी मन की डोर तुम संग,
कुछ आस मन में बो रही हूँ।

पूनम की यह रात चाँदनी,
बरसा रही है नील गगन से।
झूम रहा मन आज मेरा,
खो रही मैं मूक मगन से।

धुन छिड़ गई बाँसुरी की
मैं तो बावरी हो रही हूँ।
लो झूम रही है कुंज गली,
आस सी पल्लवित हो रही हूँ।

विस्मृत होता जड़-चेतन,
अब मुग्ध सृष्टि सारी हो रही।
सरगम अब जो छिड़ गया,
मैं आज तुझ में खो रही।

याद मेरे मन में

आओ बैठो दो पल मीत,
पीपल की परछाई में।
तन-मन को भींगा लो,
सावन की तरुणाई में।

सावन की ये बूँदें जब,
घुलती है मेरे तन में ।
अंगार सी दहक उठे,
याद तेरी मेरे मन में ।

मन मोर बन नाच उठे,
तुमको आँखों में भर के।
मन मेरा भींगा-भींगा,
लगे कहीं शोला भड़के।

बरस जाओ बन कर मेघ,
देखो अब न सुलगाओ।
रोम-रोम मेरा तृप्त करो,
भर अंक सुधा बरसाओ।

नव साज

मैं ढल रही नव साज में,
तुम छेड़ दे कोई मृदु राग।
तब पूर्ण हो श्रृंगार मेरा,
कुछ लूटा दे कुसुम पराग।

कोरे से उन पृष्ठ पर,
बिखरूँ मैं अक्षर बन।
घुल जाऊँ तेरी बूँदों में,
जो तुम बन आओ घन।

अतृप्त है मेरा रोम - रोम,
तृप्त तुम जो कर देते।
शीतलता निज नेह के,
कण-कण में जो भर देते।

सींच कर अमृत भर दो,
कि हो उठे स्मित अधर।
पिघला दो अब ताप से,
रश्मियों से हो प्रखर।

याद सिंदूरी

झरी शबनमी नभ से झरने लगी,
कुछ यादें हुई आज सिंदूरी सी।
मन को लुभाती रजत चाँदनी,
भला क्यों है आज मजबूरी सी।

लता झूमती बेला खिल जो पड़ी,
रुत खिल पड़ी कचनार सी।
लजाती कुछ सिमटती धरा,
अन्तर भड़कती है आग सी।

चपल मन हुआ कुछ बावरा,
लगे गूँजती अब नई राग सी।
समां अब सुहाना-सुहाना हुआ,
उम्मीदें सरसो सी खिलने लगी।

महकने लगी हैं अमराईयाँ,
कूक कोयल की गूँजने लगी।
छा रही विकलता अब तो,
प्रिये! याद तेरी आने लगी।

शहनाई प्रीत की

राग छिड़ गई अन्तर में,
प्रीत की बजती शहनाई।
चुगली करती पुरवा है,
घूँघट में कलियाँ शरमाई।

अपनी प्रिया धरा पर अंबर,
नेह सुधा बरसाता है।
सहता हृदय पर वज्र प्रहार,
पर मूक मगन मुस्काता है।

न जाने क्या खोजता,
मन विभोर हो रहा है ।
क्यों मन हुआ पपीहरा,
कुछ चकोर हो रहा है।

छू कर तुमको अभी-अभी,
पुरवाई जो कहीं से आती।
छू कर मेरे आँचल को,
प्रीत से तेरे सहला जाती।

यह कैसी रीत है

न राग है न गीत है,
न मधुर सा संगीत है।
सिहर उठी हैं दिशाएँ,
बोलो यह कैसी रीत है!

छाया शोक और संताप है,
यह लगा किसका शाप है!
जाता फैलता चहुं ओर में,
यह कैसा अभिशाप है !

उखड़ रही उच्छवास है,
खुश्क श्वास-श्वास है।
है फैलती उदासियाँ,
यह कैसा परिहास है!

तरु की कितनी आस लूटी,
कितने पर्ण की प्यास लूटी।
कितने रंगहीन पृष्ठ रहे
विस्मय क्या जो साँस टूटी !

तुम कण-कण में

कण-कण में तुम व्याप्त रहे,
मैं प्यासी अखियाँ लिए फिरूँ।
तुम बैठे थे मेरे अंतर्मन में,
मैं मधुबन-मधुबन खोज फिरूँ।

तुम घट - घट में बसे रहे,
मैं चंचल चितवन खोज थकी।
बूँद-बूँद में तुम ही तुम थे,
मैं बदरा की राह तकी।

धर किरणों का रूप सलोना,
चैतन्य तुम्हीं मुझे करते थे।
मलय समीर बनकर के,
साँसों में तुम्हीं भरते थे।

माया की चादर आँखों पर,
पहचान नहीं पाया मैंने।
जब अन्तर चक्षु खोला निज,
तुम्हें अन्तर में पाया मैंने।

तेरी याद में

जब सारी सृष्टि सोती है,
शांत सी नीरव रातों में।
ताकती हैं तब दो आँखें,
विकल हो तन्हा रातों में।

ठंडी-ठंडी हवा कहीं,
जब बहती है बागों में।
एक मीठी कूक कहीं से,
है गूँज सी जाती कानों में।

घंटी जैसे बजे उठती है,
एक हवा के झोंके से।
अंक में जैसे भर लेते हो,
आज भी आकर धोखे से।

याद आती है रातें अक्सर,
जो कटती थी बातों में।
होती हैं दो आँखें नम,
ठंडी शबनमी रातों में।

दो पल रूमानी हो जाएँ

चाँद फलक पर बैठा अभी तक,
आँखों में कितने सपने सजाएँ।
आओ चुराएँ हम भी पल कुछ,
दो पल हम रूमानी हो जाएँ।

खोले हम यादों की गठरी पुरानी,
दुनिया वही फिर रूहानी बसाएँ।
समंदर उफनता हुआ सा हृदय में,
चाहत की लहरों में हम डूब जाएँ।

महकी हुई सी साँसों की गलियाँ,
आओ हसरतों की बगिया सजाएँ।
लरजता हुआ सा मन का सावन,
खुशियों से अपना दामन भींगाएँ।

वंशी बजा दे ऐसी

वंशी तू बजा दे ऐसी,
मेरे कृष्ण कन्हाई।
अब मैं रहूँ न मैं कभी,
बन जाऊँ तेरी परछाई।

सरोजसिक्त अधर पर,
मुरली जब-जब धरते हो।
डूब जाते हैं प्राण धुन में,
सुध-बुध मेरी हरते हो।

पल थम जाता है वहीं,
रुक जाती हर साँस है।
श्याममय होता जग सारा,
नहीं रहती चेतना पास है।

तुम निखिल ब्रह्मांड में,
स्वर अमृत का घोल कर।
नव संचार जग में करते,
वंशी में प्रीत धुन बोल कर।

तुम बन जाते चाँद हो,
सारा जग होता चकोर है।
रहती नहीं तब स्व में कोई,
सब खींचता तेरी ओर है।

श्यामल मुख काली अलकें,
और दो राजीव तेरे नैन।
प्यास बढ़ाती है सदा,
तेरे मीठे मधुर से वैन।

माया मोह

माया मोह में मैं पड़ी,
दिया प्रिये बिसराय।
जग से जब भ्रम टूटा,
जिया बहुत घबराए।

मृगतृष्णा में रही लिप्त,
था न पाप-पुण्य का ध्यान।
जीवन मिथ्या में डूब कर,
धूमिल हुआ सब ज्ञान।

सत्य माटी सम हुआ,
और मिथ्या मेरु समान।
तर्क-वितर्क बीच फंसा,
आज सब ज्ञान- विज्ञान।

चंचल मन वश में नहीं,
मुझे मोह रही भरमाय।
आरती वंदन भूलकर,
रही मिथ्या समय गवाएँ।

समय फिसलता जा रहा,
ज्यों बंद मुट्ठी में रेत।
क्या होगा पछताए के,
जब चिड़िया चुग गई खेत।

www.ingramcontent.com/pod-product-compliance
Ingram Content Group UK Ltd.
Pitfield, Milton Keynes, MK11 3LW, UK
UKHW021311160826
14477UKWH00023B/376

9 788194 461005